|김대건 신부 순교 170주년|

시로 쓴 김대건 신부

김남조

고요아침

성 김대건 안드레아 흉상

이춘만 作

(명동성당 Bronze, 92x55x94cm, 2002)

　　김대건 신부는 한국근대사에서 거룩하고도 가책과 애통의 아픈 못입니다.

　　사람은 육체적 삶에 인식의 기본을 두고 있으나 정신의 삶과 영성의 충일로 사는 삶까지가 인간능력의 영토이며 그 실증을 보여준 특별한 분들을 알고 있습니다. 신과 사람 사이의 부르심과 응답은 신비 중에 신비이면서 매우 은밀한 것이어서 기웃거리기조차 두렵고 송구합니다.

김대건 신부는 인간 중에 초인이면서 한편으로는 눈물나게 애처로운 25년의 생애를 살면서 믿기 어려울 만큼의 신앙과 헌신, 지혜와 의용과 순교까지를 기록하였습니다. 그리고 그 분의 자취를 나의 미숙한 문필로 서술하여 이 책을 펴내게 되었습니다.

　　부디 많은 분들이 이 책을 읽어주시고 더하여 주님의 빛과 주님 빛 속에 녹아 있는 김대건 신부님의 빛을 널리 나누어 지니게 되기를 간절히 염원합니다.

김남조

목차

—

서 시

말할 수 없어라
온 세상의 말로서도
이 신비 나타낼 수 없어라
신의 특별하신 간택이
만인 중에서 가려 뽑은 자에게
성령의 불의 인印을 찍으심을

이제 그는 주 안에 거하니
곧 주의 사람이라
생명이여 원자로의 불과 같이
타오를 줄만 아는
성령 받은 그 사람이여

작도날보다 더 가혹한
형구로도 그의 신앙 꺾지 못했으니
마흔 번 문초에도

별의 눈빛 흐리지 않고
옷 벗기우고
얼굴에 회칠

화살을 두 귀에 꽂아
주릿대 돌린 다음
여덟 번 난도질로 목 베어져도
의연한 미소

신앙의 오묘함
노래할 수 없어라
간택의 화인 그 한 번에
마음과 몸과 뼛속의 골수까지
진리와 의용을 담는도다

생수 물줄기 뿜어 나서

살아생전 목마르지 않고
참수의 형장에서도 해갈 있음이라
생명이여
조선의 왕권으로도
그의 참생명은
머리털 한 오라기 못 다쳤니라

헤아릴 수 없어라
그저 놀랍기만 하고
어질어질 못 믿겠기만 하고
눈앞이 아득할 뿐
더 있다면 어린이 같은 울음
아아 사랑 때문에
하늘이 땅 되는 일 있었듯이
사랑 때문에
땅이 하늘에 다다름도

예 있음을

그 몸 주 앞에 불사르는
사람 횃불이요
스물다섯의 지순동정으로
속죄양 되었으니
오직 이 겨레를 구할
그리스도의 진리가
천지에 만발케 하소서
이 한 가지 빌 뿐

한국 최초의 방인사제
김대건 신부는
흙의 불과한 사람의 몸으로서
보배로이 쓰시는 하느님의 도구라
주의 나라의 열쇠를

그 손에 전수받았네

알 수 없어라
부르는 이와 부름을 받은 이의
오묘한 역사役事,
완미한 성취,

찬미하느니
성총과 전능의 샘이신
야훼 하느님과 그 독생 성자와
가시밭 피밭에 세워진
주의 성교회
오늘은 그 지붕이
세계를 덮고 있음을

기뻐할거나

찬미할거나 어쩌면
주 축성의 품안에서
오늘은 별처럼 총총한 그리스도의 교회

그 넘치고 모자람,
아름답고 미움을,
또한 의와 불의로
아직 어리고 흔들리며
덜 데워진 사람의 마음들을
잠잠히 지켜보는
성실한 염려와 축원의
김대건 신부, 그를

1. 배경

예수 강림 후
기나긴 천 팔백 년 만에
조선반도에도
복음이 전해지니
처음엔 중국에서 들여온
서학서西學書 중의
책 몇 권

그러나 읽는 첫날부터
형용 못할 인기척 같은 것이
방 안을 채우고
달밤도 아닌 달빛이 밀물져 와서
밝고 깊고 그윽하게
가슴 안에 가라앉으니

읽을수록

마음이 더워오는 말씀
산울림 오는 말씀
이는 책이 아니요
살아 숨 쉬는 진리
전인격에로 나아가는 각성,

아아 새 삶의 눈을 뜨라시는
일깨움의 종소리
울려주심을

사람들은
참 창조주요 참 어버이신 분을
비로소 알게 되고
영험한 생명수로
나면서 목이 타는 갈증을
풀게 되는도다

한국의 천주교는
사람이 이끄는 포교에 앞서
복음의 말씀이
정신의 여명을 불러 왔느니
한 번 솟은 진리는
그 몸 감출 길 없어
해돋이보다 찬연하게
드러나고 부풀도다

1784년
이승훈이 성세聖洗 받음에서 비롯해
그 십 년 후엔 이미 4천명의 신도라
불같이 이는 교세는
토사교문이 나붙은
신유년 박해, 피의 폭풍우도 넘어

더욱 더하는
피, 피, 피, 핏속을 달리는
순교의 행군으로
새 역사의 동맥 동서남북으로
세차게 퍼져 나가니라

나라의 불호령은
"조상의 봉제사를 꺼리고 임금도 업신여겨 감히 천
주의 죄인이라 지껄이니 인륜에 어긋나고 교화에도 위
배되는 만고의 사학죄인"이라 하여
왕족에서 노복까지
신앙의 증표가 드러난 자는
반역죄명으로 잡아 가두고
큰칼 씌워 곤장 치고
참수, 효수,
장살, 교살,

갖은 악형으로 훈계의 본이라 하니

춥고 험난한 진리의 새벽이여
살 터지고 뼈 부서지는
진리의 아픔이여
그러나 저들은 모르니라
환난 중에 더하는
달디달가우신 위로
저들은 모르니라
주의 백성들의 그 힘과 용맹을

낮밤 없이 전교하고
모든 신도 한 뜻이니
교난은 중첩하고 형벌 더 혹독하여
이 나라 이 교회에
밝혀진 사료史料에만도

전후 이만 명의 순교를 기록하다

놀랍고 장하도다
금강석보다 더 견고한
신앙인의 용맹
육신을 밀랍으로 불태워
그 믿음
대낮같이 빛나네

2. 가계 및 소년기

신유년 교난에
사형을 언도 받고
십 년 간의 모진 옥살이 끝에
1815년 해미에서 옥중 순교하는
김해 김 씨 진후는
당대의 석학으로 꼽히는 명망과
가족들, 가산노복을
모두 밀어두고
주 안에 영생을 맞을
임종에 이르렀다

「주의 종이
하늘 문 앞에 배복하려 하오니
지금은 육신의 눈을
영원히 감게 하소서」
마지막 기도에

무량의 눈물 샘솟고

주께서 이를 허락하시니
이승에 남길 유한이 없다
주의 품안에 선종하니
그 눈물 닦아주시고
강보에 싸안는 아기처럼
영령을 거두어 껴안으시니라

신의 섭리여
새벽보다도 더 먼저
일어나 일하시는
신의 안배여
그 훗날 한국 최초의 방인사제
김대건 신부를 내게 될
가문의 표징을

이 날에 이미 축성의 향유 부어
정해 두심을

그 아들 택현이 처자를 거느리고
정든 고향땅
충청도 내포의 솔뫼를 떠나
경기도 용인의 골베마실
대낮에도 으슥한 첩첩산중에 옮기니
이곳은 수백 명씩 참수 당한
피의 신해년,
피의 신유년,
참혹한 교난을 피해 모인
신앙인들의 마지막 땅이었다

1821년 택현의 차남
제준과 그 아내 고 씨 사이에

한 아들을 낳으니
아명을 재복이라 불렀는데
어질고 명민하여 천품이 가히 향기로운 데다
재주 또한 뛰어나서
「사략史略」, 「명심보감銘心寶鑑」
「사서四書」 등에 통달했다

어느 날
조부가 내어준 천주교 교리서와
선혈로 얼룩진 순교실록을 읽고 난
소년의 가슴은
불의 화살을 맞은 듯 했다

사랑이신 성삼위
성부 성자 성신께와
자애의 모후이신 성마리아

천주의 종도들과
선지자, 예언자, 별 같은 순교자
그 밖의 모든 성인 성녀께
어린 영혼 만감의 찬양으로
경배 드리나이다

묵은 나 죽어지고
새로운 나 태어남이니
이 충격
이 통회
이 감격

억만 떨기의 꽃
천만 조각의 구름
나무들, 풀잎들까지
철철 흐르는 초록으로

진홍의 꽃빛으로
생금빛 빛살로
환호하고 흐느끼며
용약하느니

지금에야 알았어라
까닭도 없이 치받아 오르던
즈믄 날의 목마름은 주께 향함이요
즈믄 날의 그리움도 주께 향함이니
만물의 창조주
야훼 하느님께만이
피조물의 바른 길과
귀한 쓰임이 있느니라

신기하도다
이리도 깊이, 뜨겁고 분명하게

주의 진리 알아듣는
그 어린 마음

때마침
주문모 신부 치명 후로
30년 가까운 탄원과 갈망 끝에
프랑스 사람 모방 신부의
입국 소식이 전해져서
골베마실은 기쁨으로 술렁였다

부친은 신부를 모시려
한양길에 오르고
아들은 십이단 문답을 외어
영세날을 기다리니

1836년 늦은 봄에

모방 신부는 이 마을에 다다라
한자漢字의 필담으로 사목을 펴게 되고
미사성제를 비롯
칠성사七聖事를 고루 베풀었다

재복이 영세를 받던 날
그 모친은
새로 지은 흰 창옷을 입히며
오늘 너의 영혼도
이같이 순결하고 빛부시리라 하니
기쁘고 복되다
15세 소년 그 이마에는
날빛보다 찬연한
명오明悟의 광채

너의 원이 무어냐고

신부가 물으매
겨레의 영혼 구원받는 일
이 한 가지, 으뜸이라고 대답했다
소년의 모든 행실을
말없이 눈여겨본 모방 신부는
이 아이야말로
한국교회를 짊어질
내일의 신부상이요
이미 간택의 표지가
분명하다는 확신으로
신부의 길을 권하고
그곳을 떠나갔다

3. 성소聖召

성소는 가려진 살결이라
아무도 엿보지 못한다
어디서 어떻게 오는지
왜 오는지
언제 오는지를 모르며
다만 주님께서 부르시매
사람이 "예"라고
대답하는 일이다

성소는 은밀한 밀어密語
영혼에 닿아오는 부름에
영혼의 밑바닥에서 "예"라고
대답하는 일이다
단순한 일이다
그러나 이처럼 복잡한
신비는 없다

하필이면 왜 그를 부르시는지
어째서 "예"라고만 하게 되는지
존재의 고을 다 합쳐서
낭랑히 울려 드리는

예,
예,
예,
예,

주님이 말씀하심에
파도도 잠잠하고 폭풍우 그치고
주님이 말씀하심에
죄인은 씻겨 눈처럼 되고
병자들 고쳐지니라

아들아
나의 교회를 맡기리니
일어나 일하라
하늘의 그 말씀에
소년은 "예"라고 대답한다
끓어오르는 눈물 눈뿌리 태우고
그 마음 불시에
악동의 깃발

살아 계신 예수성심이여
더없는 순명 "예"라 아뢰오니
삶과 죽음 간에 "예"라 아뢰리니
이 길이 저에게
지복지선이나이다

주님의 부르심은
단지 부르심만이 아니요
주 함께 하심이라
아들아
네가 나를 원하기 전에
내가 먼저 너를 뽑으니
이로부터 언제라도
내 안에 너 있으리라

성소는
아득히 못 헤아릴 비의秘意
주는 어부시요
황금 어망에 사람을 낚으시니
주의 성소자들이
그 뜻을 따라 일하니라
물이 되고 자갈이 되고

시멘트, 철근이 되고
막강한 노동력, 땀과 피와 눈물을 다해
그리스도의 사랑을
온 세상에 전함이여

소년은 성소聖召의 음성을 들었다
어린 영혼을
너무나도 세찬 바람이 흔들고
빛의 폭포수
두렵고 지엄하신
주의 부르심을
소년은 전신이 귀가 되어
알아들었다

4. 유학

대건 소년은
신부될 뜻을 굳히고
조부모, 부모, 모방 신부와도 합의하여
머나먼 유학길에 오르니
때는 1836년 설한 12월이었다

김대건
최양업
최방제 세 명이
정든 산천을 뒤에 두고
어버이의 품을 떠나
이역만리 중국 땅으로
첫 길머리를 잡으니
이를 이끄는 건
주의 지팡이뿐이로다

이때까진
외국인 사제들뿐이었고
이네들은 말이 다르고
모습이 유난하여
어려움이 더했기에
한국인 신부가 교회를 맡게 됨은
내국인의 자각이요
교황청과 외방 선교회의
오랜 염원이었다

휘몰아치는 눈발 속을
얼어붙은 압록강을 건너
요동 7백 리를 넘고
만리장성도 지나
북경을 거쳐

청진, 재남, 남경을 경유하여
항주, 복주로 한없이 가고 갔다

세상이 이리도 넓은 줄을
이들이 알았으랴
뼈를 깎는 추위를
이들이 알았으랴

성당이 있는 곳은
빠짐없이 찾아가 조배 드리니
추운 몸으로 서 계시는
주의 눈시울에도
어버이의 연민이
눈물져 계셨다

하문에서 광동에 이를 땐

어느덧 오뉴월 불볕
황사가 휘날려 앞이 안 뵈거나
비가 와서 진흙바닥인
험난한 여로를
한 땀 한 땀 살결에 문신 새기는
모진 각고로 밟아갔다

떠난 지 여덟 달에
마카오에 닿으니
이곳은 포르투갈의 조차지요
서양인이 동양을 내왕하는
유일한 관문이며
여기에 천주교 신학교가 있었다

무덥고 흐린 날과
습하고 지루한 반 년 동안의

장마도 견디며
라틴어, 불어,
철학, 전례,
교리신학, 윤리신학 등을
배우고 익히고
생활하는
형설螢雪의 고달픈 세월

마카오의 잦은 민란 때엔
마닐라로 옮겨 도미니크 수도원에서
불철주야 면학하니
순열한 신앙과 밝은 양심이
더욱 더 닦기거늘

길들여 주심이여
생살에 구멍 뚫어

옥의 소리 내는 옥피리처럼
주 친히
신령한 가락 울려 주심이여
길들여 주심이여
옥을 깎듯이 영혼을 가다듬어
빛과 소금의
얼을 심어 주심이여

갖가지 시련,
끝나지 않는 자문자답,
철삿줄처럼 울리는
모세혈관의 섬세한 외로움들,

최방제가 홀연히 병사하니
가슴 저미는 슬픔,
잠시도 못 잊는

피구름 덮친 고국 소식,
이 모두를 주 안에 통곡할 때

주께서 위로해 주심이여
모든 번뇌 넘어서게 하심이여
마치도 본성품처럼
익숙하고 자연스럽게 하심이여
거듭거듭 힘을 내게 하심이여
이가 곧 주의 자비이심을

5. 서품 전 활동기

그동안 나라 안은
연이은 교난에
수백 명씩 참수되고
기해년 큰 박해엔
모방 신부, 샤스땅 신부, 앵베르 주교까지
군문효수
최양업의 부친은 장살杖殺
모친은 칼 맞아 죽고

대건의 부친 제준도
서소문 밖에서 참수되고
그 사위 곽가는
장인을 고발하여 천륜을 어긴 죄로
그 또한 처형되니
집안과 나라 안이
온통 피바다라

풀을 뽑듯이
뿌리마저 앗으려 하건만
낮은 밤에 이어
밤은 낮에 이어
더 청청히 더 진홍으로
솟고 자라고 꽃피는 것이여
장하고 아름다운
진리여 신앙이여

김대건은
조국 소식을 전해 듣고
지금은 그 자신이
일해야 할 시기임을 절감했다
장상의 허락도 받았으나
입국의 방도가 막막하니

한번은 세실제독의 통역관으로
귀국할 징후가 보였다가
외세의 미묘한 변동으로
수포에 돌아가고

그러나 그에겐
출중한 담력,
번득이는 지략,
더욱 더하는 선교열,
성령의 횃불을 든 불굴의 의용과
주의 가호

그는
몽고땅 바갸즈를 발판으로
중국 대륙을 손바닥 안에 보면서
수로와 육로를 마다 않고

4, 5천리의 빙산 설야를
혈혈단신으로 횡단하기
그것도 네 번이나

살벌한 쇄국망을 뚫고 와서
피 흘리는 내 나라의
아픈 살을 어루만지고
못 감는 눈들을
애통과 사랑으로 쓸어 감겼다

신학생을 뽑아
은밀히 사제교육,
신자들의 본분을 일일이 지도하고
순교자의 사료 수집,
교회 조직의 보강,
포교 사업에 역점을 두며

외로운 이의 말벗되고
병든 자를 치료하며
그 나머지 역부족은
기도로 탄원하니
수원지의 물을 뽑아 쓰듯
그리스도의 능력이
친히 역사하시니라

지금은 성숙한 성소
성숙한 봉헌
장하다 김대건
1845년 8월 17일엔
신품성사를 받으니
이 나라 조선의 수선사제首先司祭
어엿한 신부로다

그리하여

죽음이 기다리는 땅

흩어진 양떼를 찾아

지체 없이 조국 땅으로 달려오니

그의 귓전을 울리는 건

막중하고 지엄한 소명뿐

만난을 헤쳐갈 굳은 의지로

어버이의 땅 조선에

그가 영 돌아온다

6. 서품 후 활동기

상해에서 서품 받은
십여 일만에
페레올 주교, 더블린 주교를 모시고
무사 입국의 임명을 맡은
김대건 신부는
해로를 택하여 만신간난 끝에
조국에 돌아왔다

산둥 반도에서
거센 폭풍을 만나
난파의 위기를 안고
멀리 제주도까지 표류했다가
배를 수습하여
다시 금강 하류까지
북상하여 기항하니
이 사이 한 달 남짓

물 위에 떠 있었다

페레올 주교는
조선 제3대 교구장으로 임명받아
6년 만에야 임지에 닿은 바요
상복에 방립 차림인
이들 일행은
즉시 성무聖務에 착수하니

김 신부는
두 분의 거처를 마련한 후
지방 전교의 명을 받고
'은이마을' '텃골' '은다리' 등
고향 주변의 부락부터
순회 전교하면서
각종 성사를 베풀었다

수소문한 지 몇 달 만에
모친을 상봉하니
10년 만에 만나는
모자의 감회
어찌 이를 사람이
헤아릴 수 있으리

김대건
그는 공인이요 사제이니
교회와 신도들이 원할 때
언제 어디서나
또한 무슨 일에든지
기쁘게 쓰여졌다

그는 최초의 서양학자요
라틴어, 불어, 영어, 포르투갈어에 능통한

양어洋語 체득자이며
동남아시아, 동북아시아의
전역을 답파하여
동양 전반의 견문에도 소상하니
그 지혜 누가 어찌 따르리

훗날 옥중에서도
관계관의 요청으로
잠시 큰칼과 쇠사슬을 풀고
세계지리를 편술했으며
세계지도를 번역 색도화하고
조선전도를 명확히
그려낸 일 등으로도
신학만이 아닌
광범한 학식을 짐작케 한다

조선인으로서

최장거리의 여행자요

그 밟은 땅 거쳐 간 고을들의

풍습을 파악하고

특질을 연구하여

저들의 귀한 지혜를

내 나라에 들여와

빼어난 지략에 보태어 쓰니

하나에서 백까지

능력이 놀라웠다

겸손 온유하고

박학하며 과감하고

창안과 응용력에 아울러 뛰어나며

언제나 근면

매사에 최선이니
어버이를 섬기듯
신도들은 그를 따르고
한 몸 한마음 되었다

그러나
김 신부의 지표는
명백한 이 한 가지
그리스도의 진리로써
내 민족을 구령함에
근본을 두었으니
그의 참모습 중의 참모습은
기도에 있었다

찬미의 기도,
감사의 기도,

사랑을 아뢰는 기도,
힘과 도우심을 더 구하는
탄원의 기도,
한밤중의 기도,
은총 안에 울게 되는
눈물의 기도,
묵상 중의 기도,
한없는 침잠에서
주의 음성을 듣는
경청의 기도,

그의 기도는
주야로 솟는 샘물 같아
아뢰고 아뢰어도 다함이 없었다

청하는 자리마다 가고

원하는 이마다 함께 하면서
그의 속사람은
보다 더 전인적인
기도에 잠겨 지냈으니
주의 성소를 입은 몸으로
오직 주의 섭리를
온전히 받드는 일이
소망의 으뜸이었다

기도는 무엇인가
곧 사랑이니
기도함은 사랑함이요
사랑함은 기도함이라
전교도 사랑이니
기도 안에서 불씨를 늘여감이요
애족도 사랑이니

기도 안에서 길을 찾도다

주님은 사랑 자체이시니
주를 따르는 자 또한 사랑 외엔
다른 할 일이 없다
그는 낮도 밤도 없이
간구하고 일하니
참으로 지칠 줄 모르는
신앙의 정진이었다

주교의 명을 받고
메스트르 신부와 최양업이 입국할
방도를 찾으러
황해도 해안 순위도에 나갔다가
관헌 포졸에 잡히니

애달프다 김대건 신부

신부된 지 7개월 만에

칠성사를 두루 베풀고

그 가문에서 일곱 번째로 순교할

애통의 그 날이

다가왔도다

7. 순교

1846년 6월에
김대건 신부는
순위도 등산진에서 사로잡혀
닷새 동안 문초 받고
해주 감옥에 보내졌다가
다시 서울로 압송되니

여덟 자 긴 칼을 쓰고
손발에 쇠사슬,
포졸들의 악형이 그칠 새 없어
머리털 뽑고 주리를 틀며
무수한 매질에
홍사로 팔을 엮고
검은 자루마저 씌우니
큰 죄인의 표시라

밤낮을 안 가리는
혹독한 심문은
배후와 연루자를 자백하고
배교하라는 것이었으나
"비록 나를 죽인다 해도
이 옳은 진리를 위하여
뒤이어 신부들이 올 것이니
어찌 다 처단하겠는가"고
관헌을 회유하니라

그 문초 40차례에 달했으며
조정에선 묘당회의와 어전회의에 걸어
그의 처결을 논의했는데
「일성록」과 「승정원일기」에
상세한 기록이 모두 남아 있다

9월 15일에
사형이 확정되고
다음날 한강 새남터 백사장에서
목이 베어지는데

좌우로 병정들이
열을 지어서고
북소리 둥둥 울리며
들것에 실려 신부가 당도하매
천지가 잠잠하도다

"사학죄인 김대건의
목을 베어 달아
모든 이를 경계할 것을 명하노라"
관의 시달문이 낭독되니

납덩이처럼 가라앉은
무거운 형장

이때 김 신부에게 일어난
영성의 체험들은
신묘하고도 비장하였으련만
거룩한 그 비밀
헤아릴 길 없네
사람 앞에 드러나 보이는 바로는
주 위해 살고
생명마저 바치는 자에게
주의 권능이 채워져
오로지 그는 전능자의 분신이라

하늘의 평화
진리의 참빛이

그를 에워싸 황황히 빛나니
둘러선 이들이
오히려 겁먹도다

그는
마지막 전교의 말문을 열어
"천주를 믿음은 바른 길이요
땅 위의 목숨이 지더라도 곧이어
영원한 생명이 시작될 것이니
여러분도 천주를 믿어 기필코
구원과 영생을 누리십시오"
라고 하였다

형리들이 달려들어
들것에서 내린 다음
옷 벗기고 두 귀에 화살을 꽂아

얼굴엔 물과 회를 뿌리고
겨드랑이에 긴 막대기를 끼워
세 바퀴 구경시킨 다음
아침부터 만취한
회자수들이
희롱하며 칼춤을 추는데
북소리 연신 울리고
햇빛에 번득이는
칼날의 푸른 광채

이윽고 내려친 칼날이
무지한 장난으로
조금만 목을 베니
다음 번 회자수가 또 그 짓이고
세 번, 네 번, 다섯 번
여덟 번째 칼날에야

목이 떨어지니
하늘로 솟구치는 선혈,
백사장을 물들이는 선혈,

빛깔은 진홍이나
이슬보다 눈물보다
더 맑고 깨끗하다

김 신부와 관련되어 잡힌
현석문, 남경문, 임치백과
여 교우
이헌란, 우술이, 김임이, 정철염도
뒤를 이어
용맹히 순교하니라

김 신부의 시신은

14일 지난 후에
소년 이민식 등 신도들이 몰래 옮겨
경기도 안성 미리내에 안장했었고
1901년에 용산 신학교 성당으로 이장
6·25 사변 후에 재차 옮겨
오늘은 서울 가톨릭대학교 대제단에
모시고 있다

거슬러 오르는
1925년 7월 5일에
로마 교황청 대성전에서는
김대건 신부를 비롯한
한국 순교자 79위의 시복식을
거행하여
거룩한 복자들을
추모하였고

1984년 5월 6일,
한국 천주교 200주년에 즈음하여
교황 친히 한국을 방문하여
103위 성인식을
장엄히 거행하니
김대건 신부는 특히
이 나라 모든 성직자의
주보성인으로 추앙되었다

김대건 신부
그의 전교 활동은
길지도 않은 5년간이나
그의 심신봉헌은
후세의 사제들과 뭇신자들이
영구히 이어 받드리라

김대건 신부의 생애

1821년   8월 21일 ─ 충청도 솔뫼(현 충남 당진군 우강면 송산리)에서 김제준 이냐시오와 고 우르술라의 장남으로 출생.(조부 김진후는 1815년 해미에서 옥중 순교)

1836년   7월 11일 ─ 모방Maubant 신부에 의해 신학생으로 선발됨. 국내에서 성직자로 양성키 어렵다고 판단 최양업崔良業(토마), 최방제崔方濟(프란치스코)와 마카오 파리 외방전교회 경리부로 보내기로 결정, 12월 3일 서울 출발.
12월 28일 ─ 변문邊門 도착. 요동遙東과 만주를 거쳐 중국 대륙을 횡단한 끝에 마카오 도착(1837년 6월 7일).

1837년   마카오 민란등으로 두번 필리핀 마닐라의 롤롬보이로 피신. 1838년 귀환.

1841년   11월 ─ 마카오 대표부에서 최양업과 함께 철학과정 이수, 신학과정 입문.

1842년   조선으로 입국하기 위해 에리곤Erigone호의 세실Cecille 함장의 통역사 자격으로 승선하였으나 세실 함장의 마닐라행 결정으로 하선하여 9월 11일 상해上海 베지Besi에 머물며 입국 시도.
10월 2일 ─ 상해에서 출발하여 10월 22일 태장하太莊河 부근 요동 땅에 도착. 백가점白家店에 머물며 입국 시도.

10월 26일 - 최양업, 메스트르 신부와 함께 사오바츠자로 감.

12월 23일 - 가난한 나무꾼으로 변장, 변문으로 향함. 단독으로 입국 시도하여 국경선을 넘어 의주를 통과할 수 있었으나 위험을 느끼고 돌아옴. 도중에 눈 위에 쓰러져 동사할 뻔했으나 기적적으로 살아남아 백가점으로 돌아옴 (1843.1.6).

1843년 음력 3월과 9월 변문에서 김 프란치스코를 만나 동북 국경 쪽 입국 방법을 의논.

12월 31일 - 양관陽關에서 제 3대 조선교구장 페레올 (Ferrol, 高) 주교 성성식 참석.

1844년 동북 국경을 통한 입국을 위해 2월 4일 출발. 경원慶源에서 조선 교회의 밀사들과 만나 동북국경을 통한 입국이 의주길보다 더 어렵다고 판단하여 4월 백가점에 돌아옴. 신학과정을 마치고 삭발례로부터 부제품까지 받음.(12.15이전).

1845년 1월 1일 - 네 번째로 변문에 감.

1월 15일 - 귀국에 성공하여 서울 도착.

1845년　4월 30일 − 11명의 신자와 함께 라파엘호에 탑승, 제물포를 출발하여 6월 4일 우송코우吳松口를 거쳐 상해에 도착.

8월 17일 − 상해 진쟈샹金家基 성당에서 페레올 주교로부터 사제서품 받음.

8월 24일 − 헝탕橫塘 신학교 성당에서 첫 미사.

8월 31일 − 라파엘호에 페레올 주교, 다블뤼Daveluy 신부를 태우고 상해 출발. 제주 용수리 포구에 표류.

10월 12일 −강경江景 부근 황산포黃山浦에 상륙.

11월 ~ 12월 − 서울 및 은이공소 순방.

1846년　4월 8일 − 은이공소에서 마지막 미사 집전. 주교의 지시로 선교사 영입을 위한 새 통로의 개척을 위해 5월 14일 마포 출발, 연평도를 거쳐 백령도에 이르러 청국어선과 접촉, 편지와 지도를 보내고 순위도巡威島로 돌아온 6월 5일, 관헌에게 체포됨.

6월 10일 − 해주 감영으로 압송.

6월 21일 − 서울로 이송되어 한성 포도청에 갇힘.

7월 20일 − 르그레즈와 리브와 등 스승 신부들에게 하직 편지 씀.

8월 29일 − 페레올 주교와 교우들에게 하직 편지 씀.

9월 15일 − 허가 없이 국경을 넘나들고 천주교를 전도한 죄로 효수형 선고를 받음.

9월 16일 — 군문효수형으로 새남터에서 순교.
 10월 26일 — 김신부의 시신은 미리내로 안장되었고, 1901년 5월 21일 용산 신학교로 이장 되었으며, 1960년 혜화동 가톨릭대학교 성당의 제단에 모셔짐.

1925년   7월 5일 — 교황 비오 11세에 의해 기해박해, 병오박해 순교자 79명과 함께 시복됨.

1949년   11월 15일 — 한국 성직자들의 주보성인으로 결정됨.

1984년   5월 6일 — 한국 천주교회 창설 200주년을 기해 방한한 교황 요한 바오로 2세에 의해 다른 한국 순교자 102명과 함께 시성됨.

시로 쓴 김대건 신부

초판 1쇄 인쇄일 | 2017년 09월 22일
초판 1쇄 발행일 | 2017년 09월 29일

지은이 | 김남조
펴낸이 | 노정자
펴낸곳 | 도서출판 고요아침
편 집 | 김남규

출판 등록 2002년 8월 1일 제 1-3094호
03678 서울시 서대문구 증가로 29길 12-27 102호
전화 | 302-3194~5
팩스 | 302-3198
E-mail | goyoachim@hanmail.net
홈페이지 | www.goyoachim.net

ISBN 978-89-6039-997-6(03810)

* 책 가격은 뒤표지에 표시되어 있습니다.
* 지은이와 협의에 의해 인지는 생략합니다.
* 잘못된 책은 교환해 드립니다.